Sammlung Luchterhand 2001

Noch zu seinen Lebzeiten ist mit Ernst Jandl (1925–2000) über einen neuen Gedichtband gesprochen worden. Die Vorstellung, daß diese Gedichte in der Sammlung Luchterhand erscheinen würden, beflügelte ihn. In den siebziger Jahren hatte »Laut und Luise« im Taschenbuch erstmals einen großen Kreis von Lesern gefunden, »der künstliche Baum«, mit dem die Sammlung Luchterhand u.a. gestartet wurde, entwickelte sich rasch zu Jandls größtem Erfolg beim Publikum. Ernst Jandl unterstützte immer Bemühungen, Gedichte in preisgünstigen Ausgaben zugänglich zu machen. Er freute sich deshalb darauf, daß mit seinem Buch die neue Sammlung Luchterhand gestartet werden sollte. Im Sommer ist Ernst Jandl gestorben. Aus dem geplanten Band mit neuen Gedichten ist die Veröffentlichung seiner »Letzten Gedichte« geworden.

Ernst Jandl
Letzte Gedichte

Herausgegeben
von Klaus Siblewski

Luchterhand

ich beginne den mißglückten tag.

mit der bitte um geistige umnachtung.

suche unsterbliche seele; zahle höchstpreis.

huste du und den jünglingen berste die brust
dein neues gebiß amputiere die kosende hand

o ihr gottverfluchten alten
löset eure kummerfalten

müde menschen werden
früher alt
wach auf, genosse!

frühling

ich habe es gespürt aber jetzt spüre ich es nicht
ich kann es erinnern daß ich es gespürt habe
ich registriere daß ich es nicht spüre

ich weiß daß ich es nie wieder spüren werde
ich weiß daß ich es nicht erinnern werde
ich weiß daß ich nichts registrieren werde

dies zu sagen ist scheiße, ich weiß
es zu erinnern ist scheiße, ich weiß
es zu registrieren ist scheiße, ich weiß

der frühling ist weiß
rosa
lila
der frühling ist alle
farben der blüten

die taube ruft
ekelhaft ruft die taube
die taube ist eine stadtpest
die taube ruft nach der taube
und du, ein mensch,
mußt es hören.
ekelhaft verkündet die taube
ihren willen, während du
am schweigen bist, ekelhaft
am schweigen bist.

»sekundenhörspiel« (zwei männer)

»bist du nicht
allein – ich meine
ein wenig allein
ein wenig zu
allein?«
»möchte ich nicht sagen, nein.
jetzt du, dann ein anderer da –
nein.«
»aber nah, ich meine
ständig nah, einer
in deiner nähe
für
dich
da.«
»könnt' ich wohl nicht aushalten.«
»verzeih –«

elegie »von der einsamkeit«

oft sehe ich
im vorübergehen
die passanten an

nähme ihnen
die last des kopfes
gern ab

hielte dann
eine zeitlang
solch einen in der hand

um ihn zu streicheln
ihm durchs haar zu fahren
ihn an die nase zu tippen

an einem ohrläppchen
ihn sacht zu ziehen
ihm vielleicht

einen leichten
backenstreich
zu versetzen

drehte dann
ehe ich anfinge
mit seinen lippen

mich eingehend
zu beschäftigen
mich um

nach dem entschwundenen
eigentümer
dieses kopfes

bitte

lassen sie mich doch allein
bitte lassen sie mich doch allein
bitte lassen sie mich *bitte* doch allein
bitte lassen sie *bitte* mich *bitte* doch allein
bitte lassen sie *bitte* mich *bitte* doch *bitte* allein
oder *bitte* lassen *bitte* sie *bitte* mich *bitte* nicht so allein *bitte*

der hase hält den hut
vor das brett.
die demut des gedichtes
macht es wett.
du sollst nicht lügen
aber du sollst auch nicht
glauben daß du die wahrheit sagst.
du sollst dich verkleinern
bis du für keinen mehr
sichtbar bist.

hut, schreibe er hin und
mütze, auch
kappe, schreibe er hin, dann
kapsel, dann
kapselrevolver, darauf
kaleidoskop, sodann
baumkletterer (eine übersetzung),
kalvarienberg (kalvariberg),
markt

bin froh gewesen ich
frag ich zu mich
ja sag ich zu mich
froh bin gewesen ich
wann frag ich zu mich
bin froh gewesen ich
immer sag ich zu mich
bin froh gewesen ich
irgend wann dann muß ja schluß
mit froh

morgengrau
vormittagsekel
sonnenscheinschwarz
mittagserbrechen
nachmittagsblind
abendkrebs
einschlafen

kleiner rülpser

          be
mein ce
mein de
          ef
mein geschlecht
          ha
          i

es riecht etwas. es riecht etwas, das riecht.
die nase riecht. sie riecht etwas, das riecht.
die nase ist etwas, das etwas riecht.
etwas, das etwas riecht, muß nicht die nase sein.
etwas, das etwas riecht, kann etwas sein,
das nur ganz wenig riecht – geruch kann klein
und fein und zart, duftend, kaum merkbar sein,
doch ohne nase ist er nicht allein,
sondern non-existent, nicht vorhanden, nichts.
wo etwas riecht, muß eine nase sein.
wo keine nase ist, riecht nichts.

es riecht.
etwas riecht.

alles riecht

wer unbewegt
nach norden schaut
hat auch im süden
keine braut.
nicht übermüden
soll sich der seemann.
an kühnen sprüchen
fehlt es dem kajütenjungen
nicht.

elefanten

würde unser auge
nur dinge einlassen
die nicht größer als unser auge sind
wahrhaftig wir würden wenig sehen
selbst mit unseren beiden augen
unser sehen wäre nicht mehr
als zwei nadelstiche auf der haut eines elefanten

allerdings, um zwei nadelstiche
auf der haut eines elefanten unterzubringen
die dieser überhaupt nicht spürt
müßte mindestens einer von uns
ganz nahe an einen elefanten herankommen
mit einer steck- oder nähnadel in jeder hand
vermutlich zwischen daumen und zeigefinger
und wie mir das gelingen sollte
ist mir beim gedanken an die dröhnende
elefantenherde
an die wohldressierte elefantengruppe
und selbst an die elefantenfamilie im zoo
vollkommen schleierhaft
wobei der schleier wieder
mit meinen augen zu tun hat
die derzeit unverschleiert sind

augen und ohren

die ohren hören
die augen sehen

die ohren sehen
die augen hören

die ohren sehen wie ohren
die augen hören wie augen

die ohren sehen wie augen
die augen hören wie ohren

die ohren sehen wie augen hören
die augen hören wie ohren sehen

in klammern zu sprechen

(ich)
(habe)
(ohren)
(die nie)
(etwas)
(gehört)
(haben)

(ich)
(bin)
(taubstumm)

das ans ohr gepreßte ohr
das ans ohr geheftete ohr
das ins ohr gestopfte ohr
das durchs ohr dringende ohr
das aus dem ohr hervorkommende ohr
das aus dem ohr fallende ohr
das ohr auf dem boden
das vom ohr zertretene ohr

ohr an ohr
dazwischen ich
ohr in ohr
darin ich
ohr durch ohr durch
hindurch ich
ich werde gehört
es hört mich
ich höre mich
ich höre ich

stereo

mit offenem mund
und einem kaputten auge
die formen und farben der sichtbaren welt
bestaunen

mit offenem mund
und einem tauben ohr
das geräusch, die musik der hörbaren welt
bestaunen

an einen taubstummen

was hört sich
in dir,
taubstummer,
wie hört es sich
in dir?

in mir,
dem hörenden,
hört es sich schlecht.
schlechtes
hört sich in mir,
dem hörenden

was,
taubstummer,
hört sich in dir?
wie hört es sich in dir,
taubstummer?

wer hört sich
in mir?
hörst du dich
in mir?
hört ihr euch
in mir?

in wem ist jemand
der sich hört?

ich
höre mich.
ich höre mich
in mir.
hörst du dich
in mir?
hört ihr euch
in mir?
ich höre mich!
ich höre mich
in mir.

ich atme innerlich
aber die nasenlöcher
habe ich außen

nackt
nackt
einander berührend
aneinandergepreßt
frauen männer kinder
ich nackt mitten unter ihnen
jedes ich nackt mitten unter ihnen
oh wie habe ich
vorausgejubelt
dieser lust, dieser ungeheuren lust.

daraus ist geworden
ein konzentrationslagerbild
ein gaskammerschnappschuß
die gebliebenen
herauswerfend
aus jeder sehnsucht
nach einer atmenden masse von menschen
liebend lebend liebend lebend liebend
und mit leisem singsang
die sterbenden bettend
auf ihre reise ins nichts

erogene zones

freedom, most women feel
most in their cunts
a bit in assholes, widely public
as anal love
there's feeling in their tits
when nipples stiffen
and in their mouths and tongues and throats
exploring peekers
and by them explored
where there should sperma
when at last emitted
be more effectively been deposited in (…) mouths
than in a sperma

end of a speaker

i'm really grateful, i might say: to god
that this my dirty mouth, including lips
teeth, tongue, gums, larinx, vocal cords
is all that broken, rotten, frayed, decayed, whatever,
that it will never say another word. once
i was a speaker, never was a singer, speaker
to people, drawing audiences, making them
by the sheer power of word, sweat, tremble, belch,
fart, wail, sob, shake with laughter, soil
their underwear, tear out wisps of hair,
finger their private parts, caress their assholes,
put burning match to lady-in-front's hair,
stick pin in buttocks – well, you know the jokes
that audiences are prone to, while i am glad
that god has blessed me with the gift of cancerous
silence, thus adding to the livelihood of several
eminent doctors and their families or whores.
i still get letters asking me for readings;
i have them framed and put them on the wall.

joystick

being male rather than man
i carry in my pants a joystick
that best works in my own right hand
my plaything since the age of two.
once at the age of nine
it shocked me by emitting
a slimy whitish liquid.
sobbing i rushed to where i knew
my parents, giving them a story
of overwhelming urge to pee and inability
to make it to the 100, so my pajamas
had got wetted. exchanging glances, mom and dad
played down the incident. i felt relieved
and dimly saw ahead of me the way
that i have followed this very day.

exercise

once, when more flexible than now
no longer soldier or PW, but student
of philosophy, i managed, not all that rarely
to put the tip of my male thing
between my pouted lips, to suck
as well as lick – it was the greatest pleasure
in my life. yet, the contortions that
this exercise demanded, usually left
my chest in a condition of
moderate pain. at no other time
in my long, glorious life, did i so often
consult herr kenner, long since gone,
specialist of diseases of the lungs,
no x-ray ever showing anything abnormal.

kandiert

die gefiederte brust –
muß ein vogel sein
nein, ist eine kamille
der stör
beginnt zu klappern
ähnlich ereignen sich
die gespaltenen sterne
und mit dem messer – wohin?
riesen rad

handkreuz

die hand die du da anglotzt
so wie die aussieht
könnte schon im sarg
nur vielleicht ein wenig blasser
in der zweiten oder an der zweiten
mit einem sogenannten handkreuz dazwischen
auf deinem ehemaligen bauche liegen

doch wie immer die jetzt aussehen
solang du frißt und scheißt und niest
lebendig bist – und natürlich atmest
so steck doch noch
ein paar finger in ein loch

auf deinem einstigen bauch
liegt deine einstige hand
neben deiner einstigen hand
in deinem künftigen sarg.
welchen gebrauch machst du jetzt
von dieser und dieser?
klosettpapierrollen künden davon
zippverschlüsse, dein schwanz
zigaretten, türschnallen, besteck
seifen, schachfiguren, bettzeug
schuhe, bücher, scheren, schalter
schreibzeug, fläschchen, flaschen
gläser, packungen, wäsche, koffer
schlüssel, rasierer, deine stirn
socken, telefone, fahrkarten, münzen
banknoten, sparbücher, steuererklärungen
manuskripte, und einiges mehr.

du sei alt und dein kleid sei schön
neu sei dein kleid und du sei brüchig
du sei kalk und es glänze deine seide
schottlands tweed verdecke deine kälte

du sei taub und sein wort zerschelle
dein falsches gebiß amputiere die kosende hand

du sei taub und dein gesang erschalle
aus deinen augen quelle finsternis

du huste und den jünglingen berste die brust

lieder zu singen, wie jeder will

1
ich werde sichtbar
oft an dem einen einzigen schönen tag nie
sogar zweimal einem einzigen menschen ---------
so erblüht mein kindertraum doch noch
mit einer glut
wo du sie vergeblich suchst nämlich nie
in eines buches grab

2
schuft schafft den schuft bergan
wo die kühlen grenzen der natur
ein schweres kreuz tragen
das gipfelkreuz von menschen hand
so herbeigeschafft so oben hoch
daß unser kleiner zwicker
womit ich eine obsolete brille meine
erblicken es nicht kann, nur ein
gewaltiger feldstecher, der ------
leistet den augen einen unvergeßlichen
dienst: hinauf zum schneeberg
aber vergessen ist der schuft
nicht
(wir wollen ihm vergeben)

3

einmal noch
leben
nämlich zu leben beginnen
ohne
chromosome
ohne
einfluß von menschen außer einer
iiiiiiiiiiiiiiiiiiiii-
diotischen mutter
einmal noch

4

sangst du
sang ich
sankt florian
o du infernalische kunst
daß du uns den weg so schwer
zu beschreiten machen mußt
die lust der federn
sei eine vogelsache
auch die der schwingen
nicht abbrechbar
wie das was ich

5

gnome kommen kommen
kommen gnome kommen kommen

gnome kommen gnome kommen gnome
kommen kommen
gnome kommen gnome gnome kommen
kommen kommen kommen
gnome gnoe gnoe gnoe

etc.

6
der wirt
bestellt
sein töchterlein
wie der bauer sein feld
oder ich
sicher nur eines – den
welt den traum raum
kaum

7
vorüber ach vorüber
vorüber geh
du
wer
bistdenndu
bürsten
bürsten
gebürstet
gehört haben

vorüber ach vorüber
vorüber geh
du
wer
bistdenndu

einen filter
einen filter
einen filter
nie ----------
noch

ernsthafte überlegung

bei geöffneten türen
eine gerade distanz
von immerhin zehn metern
er vor sich habe
mit dem rücken zur schlafzimmerwand
der nachbarinwohnung
mit dem auge zum kugelfang
an der wand, die das haus
nach außen hin abschließe
seine hand um die luftpistole
von deren eigengeräusch
die anschaffung abhänge
nicht solle es heißen
jetzt schieße er auch noch

vibramycin

ob dieses medi-
kament und al-
kohol
einander aus-
schlössen
er meine wein;

nicht un-
bedingt
sagte mit
einem jä-
hen glanz im blick
der arzt, doch sie schlös-
sen
einander nicht unbedingt ein

postfach 227

wohin gehst?
geh zur post.
woher kommst?
von der post.
was hast tan?
hab geschaut
ob sich mir wer zu schreiben traut.

morgenrot

mittag ist mittag.
die jetzt essen
haben eine gute strecke
arbeit hinter sich
wohl bekomm's!
ruf ich ihnen zu
aus der morgenruh.

viktor jandl, sándor weöres

manchmal, wenn ich an meinen vater denke
(und ich denke manchmal an meinen vater)
spüre ich fast unwiderstehlich den drang, ihn zu schelten
aber alsbald spüre ich in den fingern
der rechten hand (wieso ausgerechnet der rechten?)
seinen warmen runden kopf unter dem schütteren haar
das bis zuletzt noch blond war (oder nicht?)
und dann gehen wir zu mittag
die auhofstraße hinunter zu einem gasthaus
das nicht so schlecht zu sein verspricht;
und ich lade ihn ein
es solle die beste speise sein,
»…« lese ich auf der karte, wenigstens die teuerste.
Dabei ergeht es ihm mit mir
wie irgendwann um diese zeit
sándor weöres, dem galanten dichter aus budapest, mit mir
sándor weöres, mein verehrter gast
der aus der speisekarte sich spaghetti pickt
worauf ich so lang heftig protestiere
bis er sich in das teuerste stück fleisch schickt.
worauf beide, sándor weöres und mein vater
einen schweren kauprozeß erlebten,
bissen für bissen an den rand des tellers klebten
während mir erst jetzt des alters weise zähne
doktor lill in meinen mund gesetzt hat
lang nachdem des gasts gehör den gast

unbewußt, doch nicht schuldlos,
verletzt hat.

schlankheitskur

ich hab nichts zu essen bekommen!
ja warum nicht?
ich hab mir vorgenommen
nichts mehr zu essen
und es laut gesagt.
da hat mich keiner mehr
nach meinem hunger gefragt.

die stimme

die stimme kommt von oben
ich fühle mich erhoben

die stimme dröhnt enorm
ich fühle mich in form

die stimme rührt mich an
ich bebe wo ich kann

die stimme hüllt mich ein
ich mag geborgen sein

die stimme wird zur glut
gefärbt von meinem blut

die stimme braust nach oben
mein rest wird abgeschoben

wahrheit

kein mensch raucht
bei uns zigarren
aber dafür sieht man
recht oft
einen zigarrenrauchenden hund

niemand hat mich geboren
aber alle töten mich
du tötest mich mit deiner freundlichkeit
du tötest mich mit deiner verachtung
du tötest mich mit deiner liebe
du tötest mich mit deinem haß
du tötest mich mit deiner aufrichtigkeit
du tötest mich mit deinen lügen
du tötest mich mit deiner religion
du tötest mich mit deinem heidentum
du tötest mich mit deinem kommunismus
du tötest mich mit deiner liberalität
du tötest mich mit deinen beschimpfungen
du tötest mich mit deinen schmeicheleien

in mir
schläft meine Mutter
jetzt am tiefsten

+

hast du den engel gesehen
der da *geflogen* ist?
ja. (sie konnte doch
nicht gelogen haben)

für jedes opfer
einen strohhalm
für die krippe;
mama, ich habe
ein opfer gebracht

+

jesus jesus komm zu mir
o wie sehn ich mich nach dir
meiner seele bester freund
wann werd ich mit dir vereint
o schönes lied
ich bin ein kind
gottes

weibliche figur, im park

sie mochte
den flieder so gern.
meine mutter.

menschliche figur von vorn

die wange
ist doppelt
die nase
nicht

die stirn
ist nicht doppelt
das auge
schon

der daumen
ist doppelt
doppelt auch
ist die hand

der nabel
ist einzig
der fuß
ist doppelt

wenn im theater vater und mutter sind

wenn ins theater gegangen vater und mutter sind
mutters sehnsucht zu stillen (sie tun es nicht oft)
dann hat der knabe (vier), sie sahen ihn einschlafen
die feier des ausbruchs seines eigenen willens.

kleiner wien vierer

schmierseife jubelt und seid froh
ein kinderbuchgeruch heiligmaschen
du nicht sollen lügen ich dich hauen
mit ein pracker

die finnef bahnhepfen framm wien:
der sitzbahnhoff
der wetzbahnhoff
der morzbahnhoff
der rotzbahnhoff
der franks jotzeffs bahnhoff

die kaitzerlige garde
die espanige kopfreit-suhle
die lippenzahner
und mein zahnarzt:
dr. dr. dr. dr. lill

dreiundzwanzigster wiener gemeindebezirk

sie sind nicht in grinzing
ich bin nicht in grinzing
sie ist nicht in grinzing
wir sind nicht in grinzing
hier ist nicht grinzing
hier ist liesing

als katholischer christ
beharre ich auf der
sinnlosigkeit des
menschlichen lebens

katholisches Gedicht

fürwahr ich bin katholisch
und rüttele nicht daran
auch gott ist ja katholisch
und so wie ich ein mann

gott ist ein mann obgleich
er ihm nicht steht – es wäre
wenn er ihm stünde, sünde
und gäb kein himmelreich

unwissend ist man ob
gott überhaupt einen hat
und manche meinen darob
er habe die liebe satt

ich aber weiß, die liebe
hängt nicht vom gliede ab
sie hängt vielmehr am liede
das gott dem sänger gab

gott ist in aller munde
leckt alle lippen ab
und wir, die frommen hunde
bepissen jedes grab

denn jedes könnte jeden
enthalten, wie es ist
vergangenheit und zukunft
verwalten keinen christ

wir sind verstört inmitten
heidnischer melodei
und bitten um was nicht erlitten
doch noch zu erleiden sei

so werf ich mich aus dem fenster
so steck ich mein hals in die schling
und fresse am gott der gespenster
was noch nicht durch mein arschloch ging

so fluch ich und möchte doch beten
daß an einem morgigen tag
die stinkende kunst der propheten
an mir noch ein wunder vermag

ich scheiß auf die sonne und hätte
so gern einen strahlenden sohn
eh ich in die erde mich rette
zu gott, muttergottes, gott sohn

ich klebe

ich klebe an gott dem allmächtigen vater
schöpfer himmels und aller verderbnis
und an seinem in diese scheiße hineingeborenen sohn
der zu sein ich selber mich wähne, um mich schlagend
um mein maul aus diesem meer von kot in die luft zu halten
und immer noch atem zu kriegen, warum nur?
weil ich ein von maßloser feigheit gesteuertes schwein bin
unfähig willentlich unterzutauchen ins unausweichliche

vor weltkrieg drei

jüdisch, nun
da sei nichts dabei; auch seine
(eine) großmutter sei jüdisch. nein
da sei nichts dabei. doch daß er
dies dann, vertraulich mitteilung,
an seinen freund weitergegeben habe
habe von ihm er nicht erwartet. ihm
glückte england. der zweite
immer noch verliere. einzig
der dritte sei bereits gefallen.

kind gedicht

auch das wie ein kind gedicht
allsdann wird wackellicht, auch das
wie ein schizophren gedicht wird
allsdann wackellicht. so werden all
allsdann gedicht balld-mal wackel-
licht, meins, deins, seins, ihrs,
unsrs, eurs, theirs. irr-licht.

lehrer, nach schulausflug

ja schwesterchen
du hier
mit deinem söhnchen
ich komme vom
schulausflug

du
ich glaube
er ist stumm

der kleine fritze
soll geschlagen werden
das ist das los
des einzelnen auf erden

die kleine frieda auch
tritt auf sie hin
du trittst nur eine
nicht der menschheit bauch

der aeronaut

ich kam heute
vom flugzeug zurück
über fade wolken
habe ich geblickt
schwer ist mir schon
beim heimkommen
wenn heim es nicht ist
und kommen alles sein kann
es ist nicht
mein hund gewesen
ich habe keinen
und will auch keinen
dem ich warf
die vergebliche wurst
aber seit er unten
nicht mehr wimmert und bellt
ist mir leichter
den schnaps jetzt
hätte ich nicht trinken sollen
habe ich nicht trinken wollen
habe vielleicht ich
auch gar nicht getrunken

der kandidat

der es nicht ist, doch will es werden
konditor leiblich, auch der zuckerhut
wen die zukunft nicht drückt, ein kanzler
kandidat, frosch, auch forsch, nur nicht
ganz ohne vaterwürde; auch des todes der ist
todeskandidat, sein wille ist schon eingebüßt
er nicht: will es werden, aber muß. jeder von
denen. er hat nicht kandidiert.

heute

heute ist noch nicht gestern, vielleicht nie
auch ein knie ist kein handschuh, kann aber
darauf knien, damit weicher der betstuhl ist
hat aber heute keinen kniefall getan auch kein
gebet gesprochen schon so viele jahre nicht
und sind die alle schon gestern ist nicht
ein fingerbreit platz für vergangenes im
heute vielleicht nur im daran denken

computergedicht nr. 1

fall nur nicht vom tisch herunter
denn es möchte dir sehr schaden
denk nur wie die knochen brechen
können schon beim sturz vom bettrand
wo ein sitzender schlaftrunken
plötzlich sich nach vorn geschleudert
findet von der macht des schicksals
und sein rechtes bein zerbricht
unter seines leibs gewicht

computergedicht nr. 2

saffo oder sapfo, zapfo
jeder spreche wie er will
der poetin edlen namen
nicht zu schüchtern, nicht zu schrill
tief verbeuge jeder sich
vor ihr, die nicht wein nicht bier
und schon gar nicht whiskey süffelt
allenfalls noch PAGO schnüffelt
während ihrer verse tosen
still durchwässert ihre hosen

computergedicht nr. 3

unterleib o unterleib
immer seh ich dich als weib
denn ich bin zum mann erkoren
nämlich männlich eingeboren
doch die spalte und die falten
kann ich nicht in ehren halten
sie sind nichts verglichen mit
penis der die jungfrau schnitt
doch da ich ein weib nicht bin
hab ich penis nicht im sinn

computergedicht nr. 4

komm, puter, truthahn, oder
komm, butter, kuhkäse, alles
so freßbar, amerikanisch wie
antik. der antiquar ein paar
haare aus seinem schlitz zieht,
auf seinem kopf indes kaum noch
was wächst. wechselt der tyrann
zum augenlosen, weil so füllig
der bauch davor steht, er immer
noch fühlt das entweichen der
flüssigkeit, aber wohin es strömt
aus seiner blase, wer
könnte das wissen …

computergedicht nr. 5 (letztes)

augustus, wer sollte den
in sein arschloch gesteckten
finger ablutschen wollen – viele
tun es, aber
wollen sie, wissen sie es? sind sie
dessen bewußt sich? die hornigen
huren brüllen im rotlicht-eck
und die stadt mit sankt stephan
verraucht ist und angebrunzt und
hinausgeekelt, woraus hinaus?
aus der krebswüste und lazarus-
folter und caritas AUSTRIAE
zu den schweinen und igeln der wackeren
dritten welt

ejakuliertes werk

die wände hoch regale königlich
darin LEITZ-ordner gefüllt mit blättern DIN A 4
jedes datiert, an jedem festgetrocknet
je ein ejakulat, seit pubertät
bis dato, da er dem himmel nahesteht.
ein spermawerk äußerster konsequenz
zeugnis poetischer integrität

zertretenes gedicht

es hieß käfer
und krabbelte
konnte richtig laufen
ehe der dichter des weges kam
es ins auge faßte
und sich entschloß
ihm den titel zu geben

der buchstabe ist tot
auch der buchstabe ist tot
das buch ist tot
auch das buch ist tot
alle bücher sind tot
alle buchstaben sind tot
das wort ist tot
auch das wort ist tot

leben und schreiben

was ich schreibe
ist nicht mein schicksal
was ich schreibe liegt außerhalb
meiner kreatürlichen existenz

mein schicksal kann davon zehren
was ich schreibe
und es kann ebenso
daran zerren

aber keine zeile wird am humbug
meines lebens verrotten
kein werk mein leben krönen

wozu besitze ich
noch eine stimme
noch finger die
ein wort hinschreiben können

ich habe keinen ruf
ich schreibe keinen brief
die vöglein im walde erklingen

ein gedicht, ein einziges, kurzes gedicht
müßte doch
drin sein
an diesem tag
heute, freitag
der 22.
februar
oder wenigstens
ein paar zeilen
konservierbar
für morgen
einen besseren
tag vielleicht
oder wenigstens
ein wort
ein einziges
einzelnes
wort

stummheit
geschwätzigkeit

jetzt sind es zwei

metaphernspucke
buchstabenklosett
lyrikklistier
speichelreim
reimspeichelkäse
metaphernafter
anagrammmasche
poesiephimose
schamhaaranagramm
speichelkäsegedicht
pentametervers
silbenschiss
wortabort

wahnsinniges gedicht

weder durch flüstern, sprechen, schreien,
heulen, tränen spritzen
noch spucken, schlucken, husten, kotzen
die nase schneuzen, in der nase bohren
ohrenausblasen, ohrenschmalz entfernen
ist es aus seinem kopf herausgekommen
je in die form von schrift gelangt;
es fraß ihm das gehirn auf;
wahnsinn dankt

die allmähliche
durchfeuchtung
des papieres
durch die
darauf ruhende
die füllfeder
haltende

kein grund
ein wort
zu setzen
das jeder

hier gibt es wege

vernunft
widerspricht

für bare münze hält

bezweifelt

da setz dich hin
da schreib dein gedicht
ich weiß wo und
mit wem ich bin
aber ich tu es nicht

die pflichtstimme in meinem ohr
der pflichtfinger vor meinem aug
sagten und zeigten es mir vor
damit ich einst etwas taug

als dieses

natürlich
können gedichte länger sein
als dieses

bereue die zukunft!

vergiß, was war; aber
vergiß nicht, was kommt

ich heiße wie ich heiße wie ich heiße
ich heiße ich heiße ich heiße
das heiße in mir ist nicht sehr heiß
ich könnte auch anders heißen
die bürste klappert am …
ich heiße wie ich heiße wie ich heiße
ich beiße
ich könnte auch anders reimen
unrein unter bäumen, unreinen bäumen
ich könnte auch anders reimen,
die kiste die wüste die kiste die wüste die küsse
aufräumen aufräumen aufräumen
aufbäumen
namen aufräumen, schluß machen
mit den namen. schluß machen
das bett heißt nicht mehr bett
die tür heißt nicht mehr tür
der tisch heißt nicht mehr tisch
das papier heißt nicht mehr papier
der stift heißt nicht mehr stift
die schrift heißt nicht mehr schrift
das buch heißt nicht mehr buch
das handtuch
das taschentuch
das fossil
der terr…

die radikalität
weh dem, der keinen namen mehr versteht
wohl dem, der keinen namen mehr versteht

du sei taub und der anderen wort zerschelle
du sei taub und dein gesang erschalle
du sei blind und aus deinen augen quelle
finsternis die aufrichte deinen gang

sterben, gefüllt

alt
ausgebombt
schnitt
docht
bedroht
fort
gott
hot
idiot
jot
kot
lot
most
not
foot
quollt
rot
spott
tot

verlagerung

und ich *bin* es auch nicht
und *ich* bin es auch nicht
und ich bin *es* auch nicht
und ich bin es auch nicht
und ich bin es auch *nicht*
und ich bin es *auch* nicht

warum denn nicht

hört sich schon an die tür kommen
öffnet von innen sich
lacht sich entgegen
schließt sich in die arme
preßt sich den mund auf den mund
springt an sich hoch als kinder
springt an sich hoch als hund
nimmt die tasche sich aus der hand
hilft sich aus dem mantel
streichelt den kopf sich den kopf sich den kopf
drängt sich um sich mit sich allen ins gute zimmer
erzählt sich allen was draußen alles war
hört sich allen zu wie zuhause alles war
will jetzt lang nicht mehr von sich fort
lobt sich diesen schönen abend

gegen abend

wird dann dasitzen
nicht mehr bei tageslicht
ausgestattet mit augenlicht
hat es nie anders gekannt
sich die abendmahlzeit richten
zum mund führen, kauen, schlucken
das glas zum mund führen, immer
zum mund das glas

das jahr soll gut sein.
was heißt gut?
du weißt, was gut heißt.
aber sein, was heißt sein?
du weißt, daß sein vorübergehen heißt.
nein, sein heißt bleiben.
dann bleib noch ein wenig, bevor du gehst.
Und was heißt soll?
daß es auch anders, als wir wollen, sein könnte.
Schließlich das jahr.
wir zählen in jahren.
ist das nicht furchtbar?
dennoch: das jahr soll gut sein.

unfrei neujahr

gestern der letzte tag
des jahres 1990
heute der erste tag
des jahres 91
und bis hier hin
so viele
und von hier weg
so viele
und alle zählen
und wir alle zählen
sobald wir es gelernt
solange wir es können
und haben nichts daran zu wählen

dann vielleicht

und was wirst du dann sagen?
lebt wohl, ihr lebenden …
nämlich, wenn jemand bei mir ist
werde ich das
dann vielleicht
sagen

widmungsgedicht

der vater
ist tot
die mutter
ist tot
ich schreibe
daß der vater
tot ist
daß die mutter
tot ist
du
schreibst dann
daß ich
tot bin

immer du sagen: komm zu mir
always you saying yes to me
always you sayin yesterday
playin

ab einem gewissen alter
ein jeder weiß was ihm droht
unausweichlich; ich auch

und atmet
und ißt
und trinkt
und schläft ein
und wacht auf;
ich auch

immer muß jeder alles tun
um das eine zu vergessen

weh dem
der zu früh
aufhört

die hauptsache

die hauptsache ist
ich habe geschlafen
wenn ich wach bin

die hauptsache ist
wenn ich wach bin
ich werde schlafen

daß ich schlafe
ist die hauptsache
wenn ich schlafe

ich werde schlafen
ist die hauptsache
wenn ich wach bin

der hellseher

sage mir
wie du heißt
und ich sage dir
wer du bist

gib zu
daß du lebst
und ich werde dir
beweisen
daß es stimmt

frist der friseure

alles ist befristet, auch friseure sind befristet
gras wächst darüber, und auch gras ist befristet
am fuß des wassfalls steht und blickt begeistert nach oben
der tourist und ist befristet

letzte worte

und was wirst du dann sagen?
lebt wohl ihr weiterlebenden ...
das heißt, wenn jemand bei mir ist
werde ich das vielleicht sagen

o schmeiß mich nicht
auf grünen vogelwind
der harte rattert

vielleicht nimmt mich das her
niederknie
niederkohlig
ultren
ein säuerlich verleibter ein der
geschustert und geschwungen
albatros
mit den bärtigen weiden
ein säulensaft

dunkler tag

es ist ein dunkler tag vom wetter her
und von innen ist er es noch mehr
ach ließe das herz sich doch abschalten

ich getroumet haben ja
in letzten nachten dasda
ich sein gelegen auf ein bett
und geschrien ich haben rett
und nicht mehr haben weiter können schrein
weil ein husten da sein in mich einge
drung
der mir gestopften haben
mit ein feuer-fleischen-frauenzung
mein das-da mund
und mir zerrissen haben lung um lung

rot sei gott und sein fleisch sei wild
aus zerfetzten häuten hervorquellend
seien seine gelben saugenden augen
tränenkugeln in denen schwimmend
seien die gestirne
einschließlich der erde.
gase seien die seinen mundlöchern
entströmende botschaft,
von haifischgebissen sei durchsetzt
der klumpen seines leibes.
ein sich in sich speiendes sei gott,
eine sich selber fressende blutfontäne,
ein im eigenen hirn steckengebliebenes
zeugungsglied

das feuer

die kamine sind schwarz
die schornsteine altern
die dächer sind undicht
die tauben werden behäbig

aber eines tages kommen sperlinge
und schießen die tauben ab
jeder sperling schießt eine behäbige taube ab
und die tauben haben keinen saft nur ausgeglühten draht
unter den schäbigen federn

dann kommen die kamingeier
und hacken den verschlafenen schornsteinen die augen aus
reißen den übernächtigen schornsteinen die wangen auf
und scheißen in die kamine

dann kommt der sturm
die braut des untergangs
fegt die klappernden ziegel von den dächern
fährt in die schwarzen hälse der häuser
und holt aus den öfen
das feuer heraus

da wärmt das feuer nicht mehr
über die wünsche der mutwillig beschützten weg
da wärmt das feuer nicht mehr

über die striemen der rechtmäßig mißhandelten weg
da wärmt das feuer nicht mehr
über die tränen der zwangsweise geliebten weg
da wärmt das feuer nicht mehr
über die schmerzen der unwillig gebärenden weg

Jandls letzte Gedichte
Editorische Notiz

> if it makes you happy,
> why the hell are you so sad
> *Sheryl Crow*

In der Zeit vor Jandls Tod wurde verstärkt wieder über einen Band mit neuen Gedichten von ihm gesprochen. 1996 war »peter und die kuh« erschienen, die letzte Veröffentlichung eines neuen Gedichtbands von Ernst Jandl. Allerdings verhinderten seine Lebensverhältnisse in den letzten Jahren ein kontinuierliches Arbeiten. Er wurde häufiger ins Krankenhaus eingewiesen, seine schlechter werdende Gesundheit zwang ihn zu längeren Pausen, dann zum Umzug in eine neue Wohnung. Was er zum Schreiben an Manuskripten in den unterschiedlichsten Fertigungsgraden benötigte, blieb in der alten Wohnung zurück – für jemanden wie Jandl, der auf festgefügte Ordnungen einen großen Wert legte, eine schwierige Situation. Dennoch: Das sporadisch immer wieder geführte Gespräch über einen neuen Gedichtband wurde fortgesetzt. Für die Tage nach Pfingsten 2000 war in Wien ein Treffen verabredet worden, um möglicherweise erste Manuskripte zu sichten, einen genauen Plan, mit welchen Arbeiten die Zeit ausgefüllt werden würde, gab es nicht. Vier Tage vor diesem Treffen, am 9. Juni, starb Ernst Jandl.

Während dieser vorbereitenden Gespräche war sich Jandl keineswegs sicher, ob er über ausreichend viele Gedichte für ein neues Buch verfügen würde. Wenn er schlechter Stimmung war, sprach er davon, daß er kein einziges neues Gedicht habe. Seit er sich in der neuen Wohnung (ab 1999) befände, darauf kam er in den Wochen vor seinem Tod öfter zu sprechen, sei seine Produktion vollkommen zum Erliegen gekommen, länger als jemals zuvor, seit er 1952 mit Schreiben begonnen hatte. Abschreckend wirkten diese hin und wieder formulierten Befürchtungen nicht: Bevor die Arbeiten an dem Band »peter und die kuh« begonnen hatten, warnte Jandl ebenfalls virtuos: Es gäbe nichts, und es würde sich nicht lohnen, mit der Suche nach neuen Manuskripten überhaupt zu beginnen. Bald stellte sich damals jedoch heraus, daß Jandl ein großes Reservoir an Gedichten besaß, weitaus größer, als man sich anzunehmen erlauben durfte, wenn man Jandls Warnungen in ihrem ganzen Ausmaß ernst genommen hätte. Nichts sprach also dagegen, daß er auch nach Erscheinen von »peter und die kuh« in den bei ihm zu beobachtenden zyklischen Auf- und Abschwüngen seine Arbeit fortgesetzt hatte. Es war sogar durchaus vorstellbar, daß es auch aus den Jahren vor Erscheinen von »peter und die kuh« noch Gedichte gab, die dem Herausgeber unbekannt geblieben sind und an die sich der Autor damals nicht erinnerte. Jandl hatte sich schon einige Zeit davor in einen Dichter verwandelt, der zwar Gedichte schrieb und den Gedanken an neue Gedichte nie aufgab, aber kein Bewußtsein mehr von seiner Produktion besaß.*

Ermutigend war, daß sich Jandl auf Gespräche über die Wünschbarkeit eines neuen Gedichtbands überhaupt einließ. Mit Gesprächen dieser Art hatte auch die Arbeit an »peter und die kuh« begonnen, lange bevor der Autor oder der Lektor und Herausgeber auch nur ein Manuskriptblatt in Händen hielt. Ob diese Gespräche Jandl – im Unterschied zu »peter und die kuh« – dazu gebracht haben, sich eine erste Grundlage für die Arbeit zu schaffen, indem er Material für dieses Buch zu sammeln begann, oder ob er herausfinden wollte, ob seine pessimistische Sicht die realistischere war, läßt sich nicht sagen. Jedenfalls fanden sich nach seinem Tod zwei Einschlagmappen unterschiedlicher Dicke gut sichtbar auf seinem Schreibtisch plaziert. In der einen Mappe befanden sich knapp 100 Blätter, vorwiegend mit Schreibmaschine hergestellte Typoskripte. Zuoberst lag ein mit Füller geschriebenes Manuskriptblatt, eines der wenigen Ausnahmen in diesem Ordner, das mit »gott ist rot« begann und das in diesem Buch an vorletzter Stelle seinen Platz bekam. Diese Einschlagmappe aus weicher Pappe war oben rechts in

* Klaus Siblewski, »die rache der sprache ist das gedicht« oder »Wie Ernst Jandls Gedichtband ›peter und die kuh‹ doch noch zustande kam«, in: manuskripte 134/96, 36, S. 4–10

Jandls üblicher Handschrift mit einem in Klammer gesetzten + gekennzeichnet. Jandl benutzte einen Bleistift dazu. Darunter lag eine um vieles schmalere Einschlagmappe mit 10 Typoskripten. Diese Mappe trug ebenfalls mit Bleistift geschrieben und in Klammer gesetzt ein –.

Wie gesagt: Es ist denkbar, daß Jandl sich mit einer Vorauswahl für ein neues Buch zu beschäftigen angefangen hatte oder (vorsichtiger gesagt) zumindest jenes Material zusammengetragen hat, das ihm eine Weiterarbeit an seinen Texten ermöglichen sollte. Er reagierte gerne auf Anlässe und Anregungen, und die Nachricht, daß die »Sammlung Luchterhand« neu gestartet werden würde und ein Band mit neuen Gedichten von ihm an erster Stelle stehen und die Reihe eröffnen könne, hatte ihm sehr zugesagt. – Die Mappe mit dem + wurde als Grundlage für diesen Band mit »Letzten Gedichten« genommen, allerdings konnte nur ein Teil der darin enthaltenen Manuskripte in diesem Band aufgenommen werden. Oben lagen jene Gedichte, deren Bearbeitung Jandl als abgeschlossen angesehen haben wird. Je weiter man in das Typoskriptkonvolut hineinblätterte, um so mehr stieß man auf Bruchstücke und Ansätze zu Gedichten.

Im Flur der Wohnung, die Jandl von 1974–1999 ununterbrochen bewohnte, fanden sich weitere Ordner und Mappen mit Manuskripten. Neben den Ordnern, die Jandl während der Arbeit an der ersten Werkausgabe von 1985 bereits angelegt hatte, fanden sich weitere Mappen. Diese Manuskripte wollte er nicht an das Österreichische Literaturarchiv überstellen, das seinen Nachlaß erworben und damit begonnen hatte, die erworbenen Materialien in das Archiv zu überstellen. Fünf Manuskriptsammlungen mit hauptsächlich lyrischem Material enthielten Gedichte für Jandls »Letzte Gedichte«:

– ein Leitz-Ordner mit Typoskripten, aus denen er gelegentlich vorlas, wenn er nicht nur auf erprobte Texte zurückgreifen, sondern Unbekanntes vortragen wollte
– ein Leitz-Ordner mit der Aufschrift »Zur weiteren Bearbeitung«
– zwei Flügelmappen ohne Beschriftung
– eine Flügelmappe mit Gedichten in Handschrift.

Die Ordnung in allen diesen verschiedenen Ordnern und Mappen ähnelte sich jeweils: Die meisten Texte hatte Jandl auf grobem, holzhaltigem Papier mit einer mechanischen Schreibmaschine getippt. Zwei Ordnungsprinzipien überschnitten sich: Die Typoskripte waren in eine grobe chronologische Reihenfolge gebracht. Die Typoskripte mit jüngerem Entstehungsdatum lagen zuoberst; daran schlossen sich einzelne Gedichte und Bruchstücke von Gedichten (mit zunehmenden handschriftlichen Zusätzen) aus erkennbar früheren Arbeitsphasen an. Gleichzeitig war Jandl bestrebt, die Gedichte, die er als fertig betrachtete, zuoberst zu legen und die unfertigen Gedichte nach hinten zu sortieren. In Einzelfällen befanden sich aber auch bereits publizierte Gedichte in ihren verschiedenen Typoskriptstadien in diesen Sammlungen.

Vor allem bei den beiden Leitz-Ordnern ließ sich erkennen, in welchem Umkreis viele der darin enthaltenen Manuskripte entstanden sein werden. Der erste Ordner barg auffallend viel Material aus den 80er und den späten 70er Jahren, das Eingang in den Band »idyllen« gefunden hat. In dem mit »Zur weiteren Bearbeitung« gekennzeichneten Ordner fand sich Material, das sich den Gedichtbänden »die bearbeitung der mütze« und »der gelbe hund« zuordnen ließ. Allerdings waren auch wenige Texte aus viel früheren Arbeitsphasen in diesen Ordnern zu finden.

Entnommen wurden diesen Ordnern und Mappen die intakten Gedichte jüngeren Entstehungsdatums, die in keiner offensichtlichen Beziehung zu einem der Gedichtbände standen, die Jandl früher publiziert hatte (und die von ihm möglicherweise aussortiert waren) und die in den Umkreis jener Gedichte gehörten, die in der mit + markierten Mappe enthalten waren. Daraus ergab sich ein Konvolut von Gedichten, die in den Jahren 1990–1998 geschrieben wurden, die Mehrzahl in der ersten Hälfte der 90er Jahre. (Aufgenommen wurde kein Gedicht, das bei der Zusammenstellung von »peter und die kuh« schon bekannt gewesen wäre).

Dieser nun vorliegende Band kann als Gedichtband angesehen werden, der von ihm selber publiziert worden wäre. In diesem Buch sind die Gedichte Ernst Jandls versammelt, die er zuletzt geschrieben und noch nicht publiziert hatte, und dieser Band entspricht auch insofern seinen Intentionen, die er mit den meisten seiner Gedichtbände verband – ihn mit allen seinen literarischen Möglichkeiten zu zeigen, die er sich in den jeweiligen Jahren erarbeitet hatte.

Der Titel »Letzte Gedichte« spielt darauf an, daß Jandl in vielen dieser Gedichte »letzte Dinge« als Material benutzte und daß die offene und verdeckte Beschäftigung mit diesen Themen auch gewisse Rückwirkungen auf die Form der Gedichte hatte. Jandl ahnte, daß seine Zeit knapp werden würde, und dieses Gefühl hat ihn anscheinend in der Neigung bestärkt, sich kürzer zu fassen, kürzer häufig sogar, als er sich früher in seinen ohnehin prägnanten Versen sonst schon faßte.

Reihung und moderate Auswahl (aus Gründen der literarischen Tendenz des Buchs) hat wie seinerzeit bei dem Band »peter und die kuh« sein Lektor übernommen. Es gehörte zu der Aufgabenteilung zwischen Autor und Lektor, daß der eine für das Schreiben der Gedichte zuständig war, der andere sich mit den dann folgenden Aufgaben beschäftigte. Die Gedichte legten ihre Abfolge in diesem Band nahe: von kurzen Texten hin zu immer geräumigeren und umfangreicheren, von Versen, in denen von Frühling und Morgen die Rede ist, zu Sprachgebilden, die Abend- und Endstimmungen aufnehmen etc. Daß bei Formulierungen wie der vom »mißglückten tag« auch an Jandls Todestag gedacht wurde und daß viele dieser Gedichte auf die Endlichkeit des Lebens reagieren bzw. als Reaktion darauf gelesen werden können, war eine der Überlegungen, die sich beim Nachdenken über eine mögliche Abfolge dieser Gedichte aufdrängte.

Am Ende sollte ein Gedicht aus den frühen 50er Jahren stehen. Damit wird nicht nur eine Eigenheit von Jandl aufgenommen, der bei der Zusammenstellung seiner Gedichtbände manchmal ein Gedicht aus früher Zeit mit Gedichten aus späteren Schreibphasen kombinierte (»my own song« z. B. in »selbstporträt des schachspielers als trinkende uhr«). Mit dem Gedicht »das feuer« schließt sich vor allem aber in zarten Andeutungen der Kreis zwischen Jandls späten Gedichten und seinem Anfang. In weit über 45 Jahren ist Jandl wie kein anderer viele Wege (darunter auch viele unbekannte Wege), die heute mit seinem Namen verbunden sind, gegangen. Er fühlte sich, wenn er an Gedichten schrieb, nichts als der Literatur verpflichtet und wollte deren Grenzen ausweiten. Einige Motive beschäftigten ihn dabei hartnäckig: Das Feuer als Bild gehört weniger dazu, aber sehr wohl eine Schönheit, die aus Gewalt und Vernichtung herrührt und bei Jandl mit einem Selbsthaß zu tun hat, der sich, obwohl Jandl unter Todesängsten litt, bis zu Selbstauslöschungsphantasien steigern kann. Zu den lebensfrohen Dichtern zählte Jandl nicht einmal bei seinem hoffnungsfrohen Beginn als Schriftsteller, und je mehr er in jene merkwürdige Dialektik verwickelt wurde, berühmt und immer berühmter zu werden, dabei aber gleichzeitig einsam und immer einsamer zu werden, um so weniger. Und damit ist man am Ende dieses Buchs auf Jandls Anfänge verwiesen und überraschend ebenso wieder in Zentrum seiner »letzten Gedichte« angekommen.

Klaus Siblewski

Inhalt

Umschlagkonzeption und -gestaltung: R·M·E / Roland Eschlbeck
Fotographie S. 2: Nicklaus Stauss © VG Bild-Kunst
Satz: Greiner & Reichel, Köln
Druck und Bindung: Ebner, Ulm
 Printed in Germany
ISBN 3-630-62001-9